1ª edição

Ivan Jaf

ENTRE LINHAS COTIDIANO

Bullying no aquário

Ilustrações: Eduardo Arruda

Atual Editora

Série Entre Linhas

Gerente editorial • Rogério Carlos Gastaldo de Oliveira
Editora-assistente • Solange Mingorance
Auxiliares de serviços editoriais • Flávia Zambon e Amanda Lassak
Coordenação e produção editorial • Todotipo Editorial
Assistente editorial • Bárbara Prince
Preparação de texto • Cláudia Cantarin
Revisão de texto • Isadora Prospero e Raíssa Nunes Costa
Projeto gráfico (miolo e capa) • Homem de Melo & Troia Design
Suplemento de leitura e projeto de trabalho interdisciplinar • Lia d'Assis
Diagramação • Alicia Sei
Produtor gráfico • Rogério Strelciuc
Impressão e acabamento • Gráfica Paym

Dados Internacionais de Catalogação na Publicação (CIP)
(Câmara Brasileira do Livro, SP, Brasil)

Jaf, Ivan
Bullying no aquário / Ivan Jaf ; [ilustrações Eduardo Arruda]. 1. ed. – São Paulo : Atual, 2012. – (Entre Linhas: Cotidiano)

ISBN 978-85-357-1559-0

1. Ficção - Literatura infantojuvenil I. Arruda, Eduardo. II. Título. III. Série.

12-09771 CDD-028.5

Índices para catálogo sistemático:

1. Ficção : Literatura infantojuvenil 028.5
2. Ficção : Literatura juvenil 028.5

10ª tiragem, 2022

Editora Saraiva

Direitos reservados à
SARAIVA Educação S.A.
Avenida das Nações Unidas, 7221 – Pinheiros
CEP 05425-902 – São Paulo – SP – Tel.: (0xx11) 4003-3061
www.coletivoleitor.com.br
atendimento@aticascipione.com.br

CL: 810603
CAE: 576145

ENTRE LINHAS COTIDIANO

Bullying no aquário

Ivan Jaf

Suplemento de leitura

Mateus é um menino curioso e inteligente, que adora observar seus peixes. Mas ele tem um problema: acha que sua cabeça é maior do que o normal, e acredita que as pessoas reparam nela aonde quer que ele vá. As piadas dos colegas de escola, que o apelidam de Cabeção, aumentam suas inseguranças. Para piorar, Alexandre, que o atormenta sem parar no colégio, mora no mesmo prédio que ele. Mateus só quer se tornar invisível, mas parece que nem em seu quarto escapa do *bullying*: seus peixes não conseguem viver em paz dentro do aquário, quase como as pessoas do lado de fora. A vida de Mateus começa a mudar quando sua escola implementa uma campanha *antibullying*. As discussões no colégio e a amizade com Fernanda, sua colega de sala, o ajudam a superar seus medos e até a confrontar Alexandre.

Por dentro do texto

Personagens e enredo

1. Associe as personagens abaixo com suas respectivas descrições:

(A) Mateus
(B) Pai de Mateus
(C) Mãe de Mateus
(D) Alexandre
(E) Fernanda
(F) Roberto (Maluco)

( ) Superprotegia a cabeça de Mateus contra quedas, pancadas e a apalpava, preocupando-se se haveria algum problema grave de saúde com ele.

( ) Tem um *pitbull* tatuado no bíceps, praticava *bullying* contra os colegas, mas pede desculpas a suas vítimas publicamente.

( ) De forma estranha, extrai pensamentos filosóficos de coisas simples e lugares inesperados; gosta muito de ler e colecionar livros.

( ) Garota bonita, mas sofre *bullying* em razão do tamanho de seu nariz; passa a ser amiga de Mateus, elogia-o publicamente e lhe dá seu telefone.

( ) Complexado com o tamanho de sua cabeça, torna-se retraído e solitário; sofre *bullying* na escola, onde recebe o apelido de Cabeção.

( ) Garoto de 14 anos, forte, mais para gordo; mora no mesmo prédio que Mateus, humilha-o e o agride, na escola e no condomínio.

2. Mateus se sente complexado por conta do tamanho da sua cabeça e revela que essa preocupação tem "um fundo de verdade".

a) Que fatos motivam esse complexo?

b) Descreva o comportamento da mãe e do pai de Mateus em relação a esses fatos.

c) O comportamento dos pais influenciou o complexo de Mateus? Justifique sua resposta.

3. Embora preocupado com o tamanho de sua cabeça, Mateus afirma que teria esquecido o assunto se os colegas de escola o permitissem, mas eles lhe dão o apelido de Cabeção, começam a hostilizá-lo e isolá-lo.

a) Qual era a postura de professores e diretores diante desse tratamento?

b) Quais foram as consequências disso no comportamento de Mateus?

4. A personagem Fernanda é importante no desenvolvimento do enredo. Ela marca o começo de uma mudança em Mateus.

a) Qual era a relação entre Mateus e Fernanda?

Produção de texto

•

13. Mateus conta sua experiência e superação como vítima de *bullying*. Que tal se você também criasse um personagem-narrador e escrevesse um conto que fale de experiências relacionadas a *bullying*? Depois, você e seus colegas podem fazer uma leitura coletiva das histórias escritas pela classe.

Atividade complementar

•

(Sugestão para Ciências ou Biologia)

14. Vários capítulos mostram o comportamento dos peixes, especialmente da espécie *Betta splendens*. Com base nisso e com a ajuda de seu professor de Ciências ou Biologia, faça uma pesquisa sobre as espécies de peixes criadas em aquários. Você e seus colegas podem produzir cartazes, uma pequena peça de teatro ou um *hotsite* sobre o tema, para apresentar em sala de aula.

Atual Editora

12. Releia um trecho de uma conversa entre Mateus e Fernanda.

– O dinossaurozinho vai reclamar com os pais e o dinossaurozão diz "Deixa de ser frouxo! Não traz desaforo pro lago!"; e a mãe consola: "Não liga não, meu lagartinho querido, são brincadeiras de dinossauros, a mamãe acha essas pelancas lindas...".
– O pobre do dinossaurozinho tá sofrendo bullying.
– Isso, ele tá sendo humilhado, cuspido, empurrado, ninguém quer ser amigo dele. Até que um dia ele é cercado, começa a brigar com vários dinossauros ao mesmo tempo, mexe os braços pra cima e pra baixo aparando os socos, as pelancas balançam com força e ele começa a sair do chão... e a voar!
– Voar?!
– É. As pelancas eram asas.
Fernanda parou de rir e me olhou com admiração. (p. 56-57)

a) Nesse trecho há uma micronarrativa que reflete a situação vivida pelas personagens. Aponte, pelas falas dos pais do dinossaurozinho, como o narrador enxerga o comportamento de pais e mães em relação ao *bullying*.

b) Por que Fernanda para de rir e olha Mateus com admiração quando ele diz que "as pelancas eram asas"?

b) Que mudanças acontecem a partir da tarde em que fazem um trabalho escolar juntos? Por que elas ocorrem?

5. O clímax da narrativa ocorre quando Alexandre e Mateus se encontram sozinhos no elevador.

a) O que ocorre durante esse encontro?

b) Depois desse encontro, Mateus fica triste com sua própria reação. Por quê?

c) Refletindo sobre sua própria reação e a de Alexandre, o que Mateus conclui? Qual o efeito disso em suas atitudes?

Tempo e espaço

6. Logo no início do livro, há indicações do tempo em que se desenvolvem os fatos.

a) Em que tempo são narrados?

b) Cite algumas dessas indicações temporais.

7. As ações se desenvolvem basicamente em três espaços principais, o quarto de Mateus, o condomínio onde ele mora e a escola. Explique a associação que Mateus faz entre os espaços que aparecem na narrativa e suas emoções.

8. O título do livro remete à comparação entre dois desses espaços descritos na narrativa. Explique quais são esses espaços e o sentido dessa comparação para o enredo.

Linguagem

9. Qual o foco narrativo de *Bullying no aquário*? Caracterize o narrador da história.

10. As frases a seguir contêm figuras de linguagem. Identifique-as e explique a importância desse recurso ao longo da narrativa.

Os edifícios não eram aquários com divisórias? (p. 47)

O chiclete grudado na ponta do tênis me fascinava. Tão desamparado quanto eu. (p. 73)

11. Releia o trecho a seguir:

Fui pesquisar na internet. As cores berrantes, o aumento do tamanho, tudo isso servia para impressionar a vítima. Eram como os tênis de marca, os carrões, as roupas de grife, os penteados, os corpos bombados, anabolizados. Anúncios ambulantes: olhem, estou aqui, sou grande, poderoso e forte, cuidado comigo, o que eu quero eu conquisto, o mundo foi feito pra mim, saiam da frente. (p. 51-52)

Explique a expressão "anúncios ambulantes".

Sumário

“[...] não estarão em seu caminho
se você não carregá-los em sua alma.”

Konstantinos Kaváfis

1

O que sente a mulher barbada

Se você acha sua cabeça grande demais e por isso tem pavor de atrair a atenção dos outros, se o seu ideal de vida é passar despercebido, uma das coisas que não deve fazer é sair da loja de peixes de aquário carregando dois enormes *Betta splendens* vermelhos, um em cada mão, dentro de sacos plásticos transparentes cheios d'água.

Os *Betta splendens* eram machos, adultos, mediam uns sete centímetros e o vendedor disse para não colocar os dois no mesmo aquário porque iam acabar se matando. Mas eu tinha acabado de fazer treze anos e não queria ouvir ninguém. A ideia era inaugurar meu aquário novo com os peixes mais lindos que encontrasse.

E eles eram maravilhosos, de um vermelho intenso, mas não como se tivessem sido pintados, e sim como os tomates, que a gente sabe que são vermelhos também por dentro. E tinham caudas e nadadeiras enormes, que ondulavam na água como se estivessem voando dentro de um sonho bom.

Na loja os *Bettas* estavam separados em "beteiras", pequenos aquários de dois litros, para que os peixes não se trucidassem, mas eu achei que isso era besteira e saí com eles decidido a torná-los bons amigos.

O vendedor se recusou a colocá-los no mesmo saco plástico, por isso tive de levar um em cada mão, e assim que pisei na calçada caí num dos pesadelos de quem se acha "diferente": atraí a atenção dos outros.

Eu achava minha cabeça enorme. O queixo, a boca e o nariz pareciam razoáveis, mas cismava que daí o volume aumentava, que ela se expandia para cima e para os lados. E não adiantava os médicos, a psicóloga, os professores, os pais e alguns amigos tentarem me convencer de que eu estava exagerando, que não havia nada demais com o tamanho da minha cabeça, que ela podia ser grande, da mesma maneira que outras eram pequenas, ou que havia narizes enormes, braços compridos demais, gente muito gorda, ou muito magra, ou vesga, e que na verdade não existia ninguém "normal", ainda mais em fase de crescimento, como era a que eu estava atravessando naquela época.

Eu até queria concordar, mas havia um grupo no colégio que não me deixava esquecer meu complexo, e que só me chamava de "Cabeção", e isso me fazia sofrer muito, e aumentava ainda mais meu problema e minhas cismas, e quase me tirava toda a alegria de viver.

Aos poucos comecei a achar que minha presença causava desconforto às outras pessoas. Aprendi até algumas técnicas para me tornar quase invisível, como andar de cabeça baixa e junto das paredes.

Mas naquele dia, segurando aqueles dois sacos plásticos, cada um com um peixe vermelho enorme e brilhante, foi impossível passar despercebido. Por mais que me esgueirasse pelos cantos, todos se viravam para olhar para mim, e é claro que era por causa dos peixes, mas eu achava que estavam espantados com o tamanho da minha cabeça, e a situação ultrapassou a barreira do suportável, me senti como uma mulher barbada anunciando a chegada do circo e peguei um táxi.

2

O que disse a medicina

O pior é que havia um fundo de verdade nas preocupações a respeito do tamanho da minha cabeça, e elas vinham de muito tempo atrás. Começaram com os meus pais.

Aos três meses de idade a circunferência da minha cabeça era quase o dobro do normal. O pediatra achou que havia algo errado:

– Ele vomita muito? Dorme demais? Se irrita facilmente? Chora? Já bateu a cabeça?

Mamãe disse "sim", "sim", apavorada demais para lembrar que aquelas coisas aconteciam com qualquer bebê.

– Vou pedir uma tomografia computadorizada de crânio. – Ele ia preenchendo a requisição. – Com esse exame poderei fazer um diagnóstico preciso.

O problema foi enfrentar aquelas duas semanas até sair o resultado. Meu pai me contou que não conseguiam pensar em outra coisa. Todo o universo deles se resumiu àquela tomografia. Tentaram saber o que podia dar errado. Consultaram livros, internet, vizinhos, parentes e até motoristas de táxi.

Foram as piores duas semanas da vida deles, mas os exames mostraram que eu não tinha nada. Meu cérebro estava ótimo, tranquilo, boiando confortavelmente numa quantidade normal de líquido cerebroespinhal, pronto para encarar o mundo e tentar entendê-lo.

3

O problema é só no sensor

Eu não tinha doença nenhuma. Minha cabeça era grande para a idade. Só isso. Meus pais contam que depois, com calma, analisaram fotos antigas da família e encontraram dois parentes com cabeça grande. Papai lembrou que um tio-avô dele precisava mandar fazer chapéus sob medida. E assim eles foram tentando esquecer o assunto.

Não conseguiram. Principalmente minha mãe. Na verdade ela nunca esqueceu. Disfarçava o tempo todo, mas estava sempre preocupada com o que podia haver dentro da minha cabeça, atenta a sintomas: eu não podia vomitar, ter dor de cabeça, parecer irritado demais, querer ficar na cama o dia todo, ir mal na escola, mudar de personalidade... Ou seja, eu não podia ser criança.

Periodicamente ela tentava convencer meu pai a me levar a outros médicos, mas ele se negava:

– O que vale é o exame. Mateus não tem nada.

Mas eu era filho único e minha mãe continuou me mimando, e superprotegendo minha cabeça contra quedas e pancadas. Fui obrigado a usar capacete desde a fase do velocípede de plástico na sala do apartamento.

O pior era sentir mamãe monitorando constantemente o tamanho da minha cabeça. Quando ela me beijava, ou fazia cafuné, ou penteava, ou secava meu cabelo, ou via se eu tinha piolhos, sempre aproveitava para fazer um exame rápido, apalpando meu crânio de todas as maneiras.

Papai encarou melhor a situação. Ele me confessou que tinha custado muito a parar de pensar no assunto, até que o mecânico resolveu a questão.

– Como assim? – perguntei.

Uns dois anos depois que a tomografia mostrou que eu não tinha nada, uma luz do painel do carro dele, a que indicava problemas na injeção eletrônica, acendeu e não apagou mais. Toda vez que ele ligava o carro, ela acendia e ficava acesa. Ele levou o carro à oficina.

– Quando a luz acendeu a primeira vez o carro morreu? – o mecânico perguntou.

– Não – meu pai respondeu. – E ele está funcionando normalmente.

– Então tudo bem.

– Mas, se a luz não apaga, não quer dizer que o problema continua?

– Não. O problema aconteceu, mas se o carro não morreu, não tem mais problema nenhum.

– Mas e a luz? – meu pai insistiu.

Aí o mecânico explicou:

– A luz indicando o problema era só um alerta para o senhor verificar se estava tudo bem com a injeção eletrônica. Só isso. Às vezes ela fica gravada no sensor. A injeção eletrônica está boa. Se a luz não apagou, aí o problema é do sensor. O senhor quer que conserte?

Eu continuei sem entender nada:

– Mas o que isso tem a ver comigo, pai?

– Quando o médico pediu a tomografia, acendeu um alerta na minha cabeça. O exame provou que estava tudo bem, você não tinha problema nenhum, filho, mas o alerta continuou ligado na minha cabeça. A preocupação é só uma luz ainda piscando dentro de mim. O defeito é no meu sensor, e não em você.

Meu pai costumava extrair conhecimentos e filosofias dos lugares mais estranhos. Acho que também sou assim. Tirei uma porção de conclusões sobre a minha vida estudando sobre peixes e aquários.

4

O alvo que anda

Na verdade, à medida que meu corpo crescia minha cabeça ia se tornando mais proporcional a ele, e eu poderia ter perfeitamente esquecido o assunto se não fosse o comportamento idiota de certas pessoas que sempre acabavam por atravessar meu caminho, principalmente nos colégios que frequentei.

Havia sempre um grupo zombando de mim, colocando apelidos, e algumas vezes chegando até a agressão física. A coisa era muito séria, cruel, doentia e perigosa. Tinham prazer em me intimidar e maltratar e faziam isso na frente dos outros, para aparecer. Como nunca estavam sozinhos, sempre que eu reagia acabava apanhando.

Eu era empurrado, levava cascudos na cabeça; apontavam, riam e jogavam coisas em mim. Se eu reclamasse, se tentasse me defender, os empurrões viravam chutes, os cascudos se transformavam em socos. Eles queriam me mostrar que havia uma coisa errada comigo, o tamanho da minha cabeça, e que eu era diferente e incomodava as pessoas. Minha cabeça servia de alvo para bolinhas de papel, copos descartáveis e apelidos.

As agressões físicas só eram praticadas pelos garotos mais fortes, mas um apelido qualquer um podia gritar, lá do outro lado do pátio, e provocar a risada geral. Os apelidos ficavam grudados em mim, me acompanhavam aonde eu fosse, e me transformavam numa piada ambulante. Todos achavam muito engraçado.

Eu às vezes tinha vontade de me matar.

5

Para não amanhecer boiando

Se a pessoa que tem um aquário não fizer a coisa certa, seu único objetivo passa a ser conseguir manter os pobres peixinhos vivos. O principal problema do aquário é o dono.

Mas para tudo dar certo, ele só precisa seguir alguns princípios básicos. Primeira regra: o aquário precisa de espaço suficiente em relação à quantidade de peixes. Eu havia comprado um de cinquenta litros, e teria apenas dois peixes pequenos dentro dele.

Segunda regra: não exagerar no alimento, pois essa é a maior causa de os coitados amanhecerem boiando. Não se deve tratar o peixe como as mães tratam os filhos, querendo encher de comida, porque num aquário o que sobra fica na água, apodrece, se transforma em bactéria, fungo, amônia... É como se todos os restos de refeições que o filho deixou no prato continuassem em volta dele, a semana toda.

O certo é colocar a quantidade justa de ração que eles conseguem comer e vigiar para que não sobre. Fazer isso apenas uma ou duas vezes por dia evita a contaminação da água.

Terceira regra: uma vez por mês, trocar um terço da água. As pessoas acham que o certo é aproveitar a manhã do domingo para jogar toda a água velha fora, mas isso é errado porque provoca uma mudança brusca no meio em que o peixe vive. Seria como trocar o filho de colégio todo mês.

O resto é ter um bom filtro e controlar a temperatura da água e o pH. Para isso, é só comprar um bom termômetro e um tamponador para regular o pH e aprender a usá-los.

Aos treze anos eu era um aquarista experiente. Aquele era meu terceiro aquário.

Quando cheguei ao meu quarto com os dois enormes *Betta splendens* vermelhos, a água já estava no aquário havia uma semana, tratada, equilibrada, na temperatura certa.

E eu não abri os sacos plásticos em que estavam os peixes e os joguei lá dentro simplesmente. A água que veio da loja contaminaria a que estava no aquário. Lavei os sacos plásticos por fora, com detergente, e os deixei flutuando por uma hora, para os peixes irem se acostumando com a temperatura e reconhecendo o espaço. Só depois os coloquei no aquário, pescando-os com uma rede de náilon.

Pronto. Lá estavam eles, magníficos, vibrando as nadadeiras como se fossem asas num céu líquido, pra lá e pra cá, descobrindo os limites de seu novo mundo.

Deitei na minha cama. Sempre tive aquários, tenho até hoje, e eles sempre ficam sobre uma mesa larga, ao pé da cama, para que sejam a primeira coisa que vejo quando acordo, e a última antes de dormir.

Posso passar horas olhando o movimento dos peixes. O vaivém hipnótico deles é como o pensamento balançando dentro do cérebro, de um lado para o outro, sem parar. Os peixes não param, os pensamentos também não, mas seguir o balanço dos peixes faz os pensamentos perderem a urgência, a ansiedade, irem pra lá e pra cá apenas pelo prazer de se movimentar.

6

O mundo não é uma margarida

Eu havia aguentado todo tipo de gracinha estúpida e repetitiva, as piadas e os apelidos, e escutado as risadas dos puxa-sacos, e fui ficando com medo de ter de suportar aquilo a vida toda. Começou a ser desesperador estar dentro do meu corpo.

Uma pessoa até sente orgulho de ter superado um passado difícil. Um presente ruim a gente enfrenta tendo esperança. Mas um futuro horroroso demais provoca um pânico insuportável.

Acho que por isso pensei em me matar.

Mas eu era feliz *por dentro*. Gostava de estar vivo. Tinha uma imensa curiosidade. Acabar com a própria vida porque algumas pessoas achavam minha cabeça grande parecia meio estúpido.

As coisas ruins que eu sentia, o ressentimento com a *vida*, a rejeição, a hostilidade, tudo isso vinha de fora para dentro, e sempre de algum grupo. Por dentro eu estava querendo viver. Saber. Conhecer. Descobrir. E com certeza tinha competência para isso.

Tinha uma cabeça um pouco maior do que a média? Talvez. Mas precisava desistir da vida por causa disso? Não existia um meio de enfrentar a situação? Lutar?

Talvez a solução fosse não me importar se as pessoas gostavam de mim ou não. Não me preocupar em ser querido. Se eu não ligasse a mínima quando fosse rejeitado, ou zoado, ninguém poderia me atingir, me magoar, me deixar com pena de mim mesmo. Para que servia o amor dos outros? O mundo não era uma margarida para eu ficar brincando de bem me quer, mal me quer.

7

Até o amor precisa de espaço

Um dos peixes vermelhos era um pouco menor e tinha na lateral do corpo uma listra preta muito fina, que começava sob os olhos e terminava na cauda. Aquilo serviu para que eu distinguisse um do outro.

O apartamento estava vazio, meus pais estavam trabalhando. Uma chuva forte começou a bater nos vidros da janela e a escurecer o resto que faltava do dia. Os peixes iam de um lado para o outro, agitados, reconhecendo os limites do novo aquário.

Havia espaço de sobra. Cinquenta litros para dois peixinhos de menos de dez centímetros. Cada um podia ir para um canto e viver em paz, com duas refeições por dia, em seus 25 litros de água limpa e oxigenada. E quando se sentissem solitários e quisessem companhia, o outro estava logo ali ao lado. Seriam bons amigos.

O dono da loja tinha tentado me alertar, explicando que os *Betta splendens* eram conhecidos como "peixes de briga". São originários da Tailândia, onde vivem nas águas estagnadas dos arrozais. Lá o macho precisa defender seu território e se torna muito agressivo com os outros machos da mesma espécie.

– Os tailandeses chegam a fazer apostas em "rinhas" de *Bettas* – ele disse.

Mas eu não queria saber do passado deles, nem de "instintos agressivos". Faria dois *Betta splendens* machos se tornarem amigos.

– Se os *Bettas* machos se agridem pra defender seus territórios lá na Tailândia, então é só dar bastante território pra eles e eles param com isso – eu disse ao vendedor.

Fazia sentido. Basta sair pelas ruas de uma cidade para constatar que, quando se amontoam animais num espaço limitado, coisas como amor, amizade, tolerância e paciência precisam tanto ser usadas que acabam se gastando, e dando lugar aos seus contrários – o ódio, a agressão, a intolerância e o estresse.

Meu pai e um vizinho quase tinham saído no tapa por causa de dez metros quadrados de cimento de uma vaga de garagem. Ninguém briga por dez metros quadrados na selva amazônica.

Portanto, eu achava que o que meus *Bettas* precisavam para se tornar bons amigos era espaço, principalmente, e conforto e atenção.

Eu estava justamente pensando nessas coisas, e me sentindo esperto, a cabeça recostada no almofadão da minha cama, olhando para o aquário, quando o peixe maior inverteu de repente um de seus movimentos de vaivém e atingiu o outro por trás, furiosamente, arrancando um pedaço de sua cauda com a boca!

Pulei da cama. Dei umas pancadas no aquário. O peixe atingido correu para um canto, no alto, junto à superfície, e ficou parado. O agressor permaneceu no fundo, indo pra lá e pra cá.

8

Felicidade é achar a vida curta

Não aconteceu mais nada. Voltei para a cama. Apenas uma desavença natural, os *Bettas* estavam estranhando o ambiente novo, deviam ter ficado dias naquelas beteiras apertadas, mais o estresse de viajar em sacos plásticos...

O peixe maior continuou nadando no fundo. O menor, quieto, no alto.

Naquela época eu tinha tempo de sobra. Continuei olhando para eles por um bom período. Só o de baixo se mexia. O outro não saía do alto. Eu achava que eles iam dividir o território na vertical, cada um de um lado, mas parecia que ia ser na horizontal.

Eu gostava de estudar o comportamento dos peixes. Consultava livros e a internet. Meu pai dava força. Comprava tudo sobre peixes de aquário que encontrava. Uma vez ele me disse uma coisa que nunca esqueci:

– Pra viver feliz, a pessoa precisa ter um objetivo muito forte. Um objetivo grande dá sentido à vida, uma direção, e quando a gente tem uma direção nunca fica perdido de verdade, não é?

– Que tipo de objetivo?

– Bom, cada um tem o seu. O importante é que esse objetivo dê prazer. E que nunca se esgote. Eu, por exemplo, gosto muito de ler e tenho uma grande biblioteca em casa, não é? Meu objetivo é ler muitos livros, e colecionar livros também. Tenho um prazer enorme em ler. E livros não acabam nunca. Não vou conseguir ler todos que quero, a vida é curta para quem gosta de livros.

Eu queria um objetivo assim. Que fizesse a vida parecer curta. Como o que me dava mais prazer na época eram meus aquários, comecei a me dedicar ao assunto, estudando, pesquisando, fazendo experiências, anotando.

Só de imaginar quantos tipos de peixe eu precisava conhecer, a vida já parecia bem curta.

A vida era tão louca, o caos era tão assustador, que ter algum interesse especial, com o qual ficar entretido e empolgado durante horas, e querer continuar a fazer isso no dia seguinte, parecia um milagre.

9

Beijo de peixe macho

Quando fui dormir a situação continuava a mesma: o peixe menor lá no alto, parado; o maior no fundo, pra lá e pra cá.

Pela manhã levei um susto: o peixe menor continuava parado, junto à superfície, mas agora havia buracos em suas nadadeiras e um corte profundo na cauda. O outro nadava no fundo, apressado, como se esperasse a hora de um compromisso importante.

Eu continuava pondo a culpa no estresse da mudança. Estavam se acostumando um com o outro, adaptando-se ao espaço, só isso... De repente o maior subiu, reto e determinado como uma flecha, e mordeu a boca do menor!

Com certeza não era um beijo. O agressor abocanhou a mandíbula do outro e o sacudiu com uma violência assustadora. Enfiei a mão no aquário. Os dois se assustaram. O maior correu para o fundo. O menor ficou pulando pra fora d'água, tentando escapar voando; depois parou, abrindo e fechando a boca, ameaçando virar de barriga para cima e boiar, que é como os peixes gostam de deixar claro que estão mortos.

Um embaixo e o outro em cima, cada um num canto, haviam transformado o aquário num ringue de boxe.

Conformado, tirei meu aquário antigo de trinta litros do armário, lavei, enchi de água e transportei o ferido para lá na peneira de náilon.

O vendedor tinha razão. Pelo visto, dois *Betta splendens* machos não podiam conviver no mesmo território. Porém, para não dar o braço a torcer, continuei colocando a culpa no tamanho do território, o que não me ajudou muito porque, do jeito que a briga tinha sido feia, aqueles dois iam precisar de uma piscina olímpica — e a minha mãe já tinha dito que um aquário de cinquenta litros era o limite.

Como eu não ia desistir da minha experiência, aqueles dois iam ter de ficar amigos de qualquer jeito em cinquenta litros de água.

10

Do lado de fora ficava o medo

Do lado de fora, na escola, eu continuava a ser insultado, exposto ao ridículo, apanhando, chorando, sofrendo dor e humilhação. Por isso o resto do tempo me protegia no isolamento, em meu quarto, vendo tevê, navegando no computador, passando horas diante do aquário.

Fora do quarto, sentia medo. Andava pelo mundo com a sensação de estar deixando um rastro de medo para trás. Fora do quarto, era o vazio. Avançava solto no ar, desligado das coisas, cercado por aquele vazio, com uma angústia que apertava meu peito.

Fora do quarto havia hostilidade e tormento.

Era assim que eu me sentia na época, mas na verdade, na maioria dos lugares aonde eu ia, ninguém reparava em mim, minha cabeça não chamava atenção. Era aquele pequeno grupo da escola, que me maltratava diariamente, que impedia que eu me achasse um ser humano igual aos outros. O que eles queriam que eu fosse? Valentão? Popular? Machão? Bom em esportes? “Bonito”? Queriam um corpo malhado em academia? Queriam um *pitboy*? Por que incomodava tanto eu ser como eu era?

Hoje vejo que meu sofrimento era real não porque o problema de fato existisse e fosse grave e evidente, e sim porque alguns sujeitos tinham prazer em aumentá-lo, em apontá-lo para os outros só porque sabiam que eu sofria com isso.

11

Quem tem a força?

Eu jurava, prometia a mim mesmo que não ia me importar com as zombarias e os apelidos, que enquanto eles estivessem jogando bolinhas de papel na minha cabeça eu manteria uma serenidade indestrutível.

Isolado no quarto, isso parecia fácil, mas controlar as emoções quando aquele pessoal estava pisando em mim era uma tarefa impossível.

Do lado de fora do quarto havia um campo de batalha. Saía com medo, preparado para a guerra.

O estudo sobre os peixes me consolava um pouco. Na luta pela sobrevivência, a agressão era natural. Os fortes venciam os fracos. Os peixes lutam por território, comida e sexo. É o instinto de sobrevivência. Os mais fortes vencem. Os mais fracos são eliminados. A espécie fica mais forte. Tem mais chance de sobreviver, de enfrentar as outras, de garantir comida e espaço.

O território traz segurança para o combate. A comida dá força. O sexo faz a espécie continuar.

A hostilidade entre os peixes da mesma espécie faz parte da natureza. A rivalidade seleciona os mais fortes. A guerra que se travava fora de meu quarto não era *contra mim*. Fazia parte da preservação da espécie. Eu era *fraco*, por isso sofria na mão dos *fortes*. As humilhações eram a maneira de eles deixarem claro quem era *forte* e quem era *fraco*.

Isso se chamava "evolução da espécie", e atingia todos os animais – inclusive nós.

Mas havia um detalhe que mudava tudo: a humanidade não vivia mais nas cavernas ou nos galhos das árvores.

Agora, entre humanos, ser *forte* não era mais uma questão física. Agora a sobrevivência da espécie dependia de outro tipo de *força*: a força da inteligência e da imaginação.

Era só ver quem eram os poderosos do mundo: políticos, artistas, jornalistas, empresários, cientistas... Não havia nenhum brutamontes entre eles. Os únicos poderosos por causa do físico eram os praticantes de alguns esportes, mas tinham um poder de curta duração, que acabava justamente quando acabava a força física.

Velhinhos frágeis podiam dominar imensos conglomerados financeiros multinacionais, comandar exércitos, escrever livros que influenciavam consciências por todo o planeta, ser líderes religiosos de milhões de fiéis. Ninguém chegava mais ao poder pela força bruta.

Era bobagem investir nesse tipo de força. A nova força estava na inteligência, na imaginação, no conhecimento.

12

Depois vinha sempre a bolinha de papel

E, modéstia à parte, eu era bem inteligente. Tão inteligente que era zoado também por isso, e por gostar de estudar. Cheguei a procurar não tirar notas muito altas e a errar de propósito algumas questões das provas para não ser considerado muito *nerd*.

Acho que a culpa é das novelas da tevê. Quando querem deixar claro que um personagem é otário, desajeitado com as meninas, antissocial, botam óculos de lente grossa nele e o fazem ler e estudar. Aí, durante a trama, ele conhece um cara "descolado" e "aprende", se "transforma", "melhora": para de usar óculos e de ler, começa a praticar esportes e se torna bem-sucedido com as mulheres... O contrário nunca acontece. O campeão de vôlei da escola, o que pega todas as meninas, nunca descobre o prazer intelectual, passa a ler livros, a ir ao teatro e a estudar filosofia.

Quando alguém é inteligente, acaba gostando de estudar, porque tem de fazer alguma coisa com a inteligência. Eu tinha prazer intelectual em saber as coisas, mas precisava disfarçar isso para tentar ser "normal".

Evitava dar respostas certas demais aos professores. Quando fazia isso, quase sempre era zoado. "Aí, Cabeção. Mandou bem!" E depois, era inevitável, quando o professor virava de costas, alguém atirava uma bolinha de papel na minha cabeça.

Professores deviam vir de fábrica com espelho retrovisor.

Minha cabeça servir de alvo era quase uma modalidade esportiva na escola.

Fiz algumas tentativas para evitar isso, sentando nas carteiras do fundo, mas essa parte da sala de aula é território dos zoadores e sentar no meio deles é como colocar um carneirinho tenro para pastar no meio da alcateia.

13

O inferno é o céu

Agressão só acontece entre animais da mesma espécie. Quando um leão pega a pobre da zebra, ou um gato pula em cima de um rato, ou eu ataco um frango de padaria, não é agressão, é luta por comida.

Os animais da mesma espécie se agridem por território.

Na história da humanidade, isso acontece desde os tempos das cavernas. Não havia caverna para todo mundo. Se entrasse um macaco, o homem matava e comia. Se entrasse um urso, o homem é que servia de comida. Se entrasse outro homem, saía briga.

Nessa briga, o mais forte vencia, ficava na caverna, e aí tinha segurança para se alimentar e procriar. Por isso, a agressão fazia parte da natureza e ajudava na preservação da espécie e na seleção do mais forte.

Brigar por território era brigar por segurança.

Para os peixes, a segurança está no fundo, seja do mar, do rio ou de um aquário.

Talvez o peixe nem saiba que está "na água". Cresce e vive nela, mas com certeza tem um medo danado do que está lá em cima, depois que a água acaba, porque sabe que não consegue viver lá.

O ar está sempre em cima e a água, embaixo. Para os humanos, principalmente os que não sabem nadar, quanto mais fundo o mergulho, mais ameaçador. Para o peixe, o mergulho é para cima. Quanto mais ele sobe, mais ameaçado se sente.

O inferno do peixe é o céu.

Além de ser um lugar onde ele não consegue respirar, é lá do alto que vêm todas as coisas ruins como redes, flechas, mãos e anzóis.

É lá na superfície que eles veem seus amigos e parentes irem boiar quando morrem de causas naturais.

Por isso o *Betta* maior tratou logo de virar o dono do fundo, e o menor não teve alternativa a não ser ficar junto à superfície, vulnerável, tentando se esconder entre as bolhas do filtro que explodiam.

Também por isso eu não pude sentar nas carteiras do fundo da sala e evitar ser alvo de bolinhas de papel.

O fundo da sala era ocupado pelos mais *fortes* porque é o lugar mais seguro. É longe do professor e de suas perguntas. As primeiras filas de carteiras são como a superfície da água para os peixes. Lá vão se refugiar os que não conseguem sentar atrás porque são expulsos pelos peixes grandes, que defendem seu território.

Sentar nas primeiras carteiras é um ato de desespero. Ali o aluno se expõe a dois grandes perigos: o professor e suas perguntas, e as coisas que atiram lá de trás (incluindo as piadas e os apelidos).

A sala de aula é um aquário.

14

O perseguidor

Eu queria que eles se tornassem amigos, mas, quando vi que o *Betta* maior agredia o menor, fiquei com raiva dele, o que prejudicou um pouco minha experiência científica. Ainda mais porque, como eu precisava dar nome aos peixes, acabei me identificando com o menor, e coloquei meu nome nele: Mateus. Para piorar a minha raiva, o *Betta splendens* maior ganhou o nome de Alexandre.

O Alexandre original era da minha turma no colégio. Tinha catorze anos, 1,80 metro, e um corpo grande e forte, mais para gordo. Usava o cabelo cortado rente, com um topete que parecia uma alça para segurar a cabeça.

Para mim, Alexandre era um símbolo do mal que habitava o lado de fora do meu quarto.

As paredes do meu quarto eram como minha pele. O quarto era eu. Todo o mundo externo estava excluído dele. Fora do quarto estavam as forças que me perseguiam, de tocaia. Era só sair que elas atacavam. Por todos os lados. Qualquer um podia me atacar. Fui me acostumando com um mal que habitava o lado de fora. Um mal perseguidor, que provocava medo e dor.

A sensação de haver um mal generalizado do lado de fora era tão intolerável que eu precisava eleger, de tempos em tempos, alguém que representasse esse mal, alguém que o encarnasse, que resumisse numa só pessoa a maldade geral, para que aquilo se tornasse suportável. Alguém em quem eu pudesse concentrar minha raiva e meu medo.

Naquele momento de minha vida, Alexandre era o Perseguidor.

Era Alexandre que inventava os apelidos mais cruéis, que não podia passar por mim sem bater no topo da minha cabeça e que sempre acertava a bolinha de papel nela, que me zoava sem parar, todo dia.

Outros faziam essas coisas comigo, mas nem sempre, e ainda havia aqueles que zoavam só para participar da "brincadeira", mas Alexandre era o mal permanente, concentrado, infalível. Até pela internet ele atacava, mandando mensagens cruéis, frases maldosas que ficavam ecoando nos meus pensamentos durante semanas, e se espalhavam pelas redes sociais, das quais eu já nem tinha coragem de participar. Até pelo celular Alexandre me atingia, enviando torpedos, passando trotes.

Alexandre, o Grande, era o dono do território do fundo da sala.

Alexandre, o Grande, era o terror de Mateus no colégio.

E, como o destino não tem pena de ninguém, Alexandre, o Grande, morava no mesmo prédio que eu. Dois andares acima.

15

Um vaso mal colado

Nem muita coincidência, nem implicância do acaso: é que o colégio era perto e o condomínio, enorme, com vários edifícios e muitos apartamentos. Muitos outros alunos também moravam lá. Mas ter Alexandre, o Grande, o Perseguidor, praticamente em cima da minha cabeça era morar embaixo da própria Ameaça, e me dava a sensação de que entre a porta do meu apartamento e a portaria do prédio havia um campo minado. Um passo em falso, e eu seria feito em pedaços.

Em pedaços. Desmanchado. Era assim que me sentia todas as vezes que encontrava Alexandre. E como encontrava Alexandre todos os dias, no colégio, me acostumei com a própria desintegração, como um vaso quebrado mal colado.

Aquela escola e aquele apartamento eram recentes em minha vida. Estudava e morava por ali havia apenas dois anos. Mudamos para aquele condomínio para ficar perto da escola. E a escola foi escolha da minha mãe, porque na propaganda eles prometiam implantar um tal "sistema *antibullying*".

O termo técnico daquilo que eu sofria nas escolas que frequentei era *bullying*. É o nome que os ingleses dão ao comportamento agressivo e repetido que uma ou mais pessoas praticam em cima do infeliz que der o azar de ser um pouco diferente da maioria. Pode ser traduzido por "zoação", ou os antigos "caçoada", "zombaria"... Só que é muito mais sério, cruel, doentio e perigoso do que isso.

Bullying vem do verbo *to bully*, "intimidar", "maltratar"; e também significa "valentão", "fanfarrão". É um verbo e um substantivo. Um substantivo que indica um sujeito idiota fazendo algo idiota.

Meus pais sabiam que eu sofria *bullying* na escola, mas não imaginavam a que ponto chegava porque eu escondia a maior parte das agressões. O motivo de esconder era simples: eu tinha vergonha de mim mesmo, de ser o fraco, o coitado.

As escolas também não ajudavam em nada. Eram todas iguais. Quando eu chegava na diretoria chorando, recebia um tapinha nas costas e frases de consolo como:

– Não leve isso a sério, não.

– Isso acontece com todo mundo. Comigo foi a mesma coisa.

– Se você não der bola, eles param.

– Você tem que se impor. Não deixe que pisem em você.

– É assim mesmo. É natural. São coisas de menino.

– Você deve ter mexido com ele. Cuidado. Ele é esquentado.

– Você tem de ser mais esperto.

Ninguém era solidário, nem os colegas que também sofriam *bullying*. Ninguém queria ficar ao lado da vítima e atrair para si a fúria dos perseguidores. Ao contrário, o que todos procuravam era a amizade dos *maus*, dos *durões*, dos *fortões*, dos *insensíveis*.

Quanto mais agrediam, mais populares ficavam os agressores, e isso reforçava o comportamento deles, e o *bullying* virava um hábito e um ritual.

Até que um dia eu reagi. Empurrei o agressor, fui cercado num canto do pátio, derrubado, e três garotos me deram chutes até que sangrei no rosto e destronquei o braço esquerdo. Minha mãe foi reclamar e ouviu do diretor:

– O problema é que ele é um menino muito visado.

Ela fez um escândalo enorme e me colocou na nova escola. Cheguei nela aos 12 anos. Mas o tal "sistema *antibullying*" só apareceu um ano e meio depois...

16

Vítimas fortes

Antes tarde do que nunca.

No começo do segundo semestre, uma equipe de especialistas em educação afinal chegou na escola para implantar o sistema. A base era muito simples: tocar no assunto. Falar, botar pra fora, escancarar o problema. Nada de fazer vista grossa. Os alunos assistiam a palestras de psicólogos, pedagogos, professores, artistas... Pelo menos uma vez por semana as turmas eram levadas ao auditório para ouvir alguém falar sobre *bullying*.

A princípio isso só constrangia ainda mais as vítimas.

Eu assistia a essas palestras apavorado, achando que a qualquer momento iam apontar para mim, como exemplo.

Meu maior pesadelo era um dia ser chamado no palco para dar um "depoimento".

Um dia aconteceu. Não comigo.

Um professor convidou uma garota. Renata era magra e baixa e um grupo de meninas não parava de maltratá-la por causa disso, e o que era apenas uma constituição física começou a se complicar: ela foi ficando deprimida e com sintomas de anorexia. E quanto mais magra ficava, mais sofria *bullying*. Pois ela subiu no palco do auditório e enfrentou todo mundo. Contou seu sofrimento, como a agrediam, como os apelidos a feriam, como tinha medo de sair do quarto, como se sentia vazia quando a discriminavam e como as risadas dos outros a despedaçavam por dentro, e apontou as culpadas dali mesmo, do palco.

Enquanto ela falava, eu ia sentindo minha cabeça voltar ao corpo. A maior parte do tempo ela era uma coisa à parte, que só me dava problemas. As palavras de Renata traziam minha cabeça de volta. Não só as palavras, mas principalmente a coragem dela. Ela sofria exatamente como eu.

Muita gente saiu do auditório com os olhos cheios d'água.

Duas semanas depois dela um menino subiu no palco e disse que era discriminado por ser homossexual. Eu o conhecia. Era a típica vítima de *bullying*, tentando se apagar da realidade, caminhando junto às paredes, sofrendo pelos cantos, tentando desesperadamente se tornar invisível, achatando-se e escondendo-se em frestas como um percevejo de colchão. Seu depoimento foi arrasador. Com muita calma, ele mostrou a que ponto de crueldade e estupidez chegavam o preconceito e a intolerância. E terminou recitando um poema seu, que dizia que era melhor apanhar fisicamente do que com palavras, porque é mais fácil denunciar um olho roxo do que um coração machucado.

O que aquelas vítimas estavam fazendo era de uma audácia incrível. Invertiam a situação. Mostravam a verdadeira coragem. O que eles estavam dizendo no palco era: "E agora? Quem é o valentão aqui? E quem são os covardes?".

17

Escudo invisível

Ainda acreditei que fosse uma questão de tempo para os peixes se acostumarem um ao outro, criarem laços afetivos, então coloquei Mateus em um vidro de boca larga cheio de água e o deixei, aberto, dentro do aquário, flutuando na superfície. Era como se Mateus estivesse protegido por um escudo, uma bolha invisível.

Alexandre deu umas voltas, analisando a novidade que boiava lá no alto, voltou para o fundo, pensou um pouco, e de repente subiu como uma flecha e atacou. Bateu com a cabeça no vidro e voltou ao fundo, assustado.

Eu ri, bati palmas e gritei:

- Bem feito!

Como seria bom se eu fosse para o colégio dentro de um pote de vidro. Mas com tampa, para evitar as bolinhas de papel.

Passei a tarde observando e tirando conclusões sobre o comportamento dos dois *Betta splendens.*

A violência de Alexandre não parava, ou então o desgraçado não tinha memória. De meia em meia hora ele atacava Mateus, batia com a cabeça no vidro, ficava no fundo se recuperando, para logo voltar e atacar, e dar com a cabeça no vidro de novo, e assim sem parar.

Não devia ser uma questão de memória, não. Eu havia lido que todos os animais têm memória, pelo menos para a dor.

Alexandre sabia o que estava fazendo. Ele queria era continuar intimidando Mateus.

Aquilo era *bullying.*

Mesmo protegido contra aqueles ataques de Alexandre, Mateus continuava muito assustado. Passava todo o tempo na superfície da água de dentro do pote, às vezes dava até a impressão de querer pular para fora. Suicídio? Alexandre não parava. Era como se quisesse dizer assim: "Você tá aí, protegido, mas não vai poder passar a vida toda dentro desse pote, então quando sair... vou estar aqui, te esperando...!".

Na escola, o sistema *antibullying* era ótimo, as coisas realmente começaram a mudar para melhor. Os alunos foram tomando consciência do problema, passaram a discutir, o medo foi diminuindo, os agressores começaram a ser punidos... Mas, com o líder dos perseguidores, Alexandre, o Grande, morando só dois andares acima de mim, a escola para mim era um pote de vidro.

O condomínio era o aquário.

18

Pontos de fuga

Eu não podia viver o tempo todo no colégio, nem no quarto. O condomínio existia e era impossível manter o mundo real à distância.

Eram cinco blocos de apartamentos. Cinco edifícios de vinte andares, oito apartamentos por andar. Cinco portarias diferentes, mas uma entrada só, por um portão largo, com um porteiro vigiando dia e noite.

Todos os prédios eram voltados para um enorme pátio interno, onde havia um *play* com piscina e um parque com brinquedos, protegido por uma cerca viva.

Eu já começava a sofrer quando entrava no quarteirão. Meu coração batia cada vez mais forte assim que dobrava a esquina.

Tinha um caminho habitual, atravessando a rua, passando por trás do jornaleiro e do ponto de ônibus da calçada oposta, protegido pelos carros estacionados, até virar e atravessar a rua e entrar pelo portão, rápido. Daí eu seguia em frente, quase correndo, procurando me esconder junto à cerca viva que separava os brinquedos da piscina.

Saía afinal na portaria do meu prédio e a atravessava como um homem-bala de circo, em direção ao elevador. E então começavam os mais angustiantes momentos da minha vida: a espera pelo elevador.

O pesadelo se iniciava nas proximidades do condomínio, e chegava ao auge do pavor ali, diante da porta do elevador, enquanto eu apertava o botão para chamá-lo.

Só de pensar me dava pânico, era o meu tormento diário, o clímax do terror: subir no elevador sozinho com Alexandre.

Durante o trajeto eu estabelecia pontos de fuga, caso o encontrasse. Esconder-me atrás dos carros ou do jornaleiro na calçada oposta, atrás da cerca viva ou dentro do vestiário da piscina; parar e conversar sobre futebol com os porteiros, e ficar seguro ao lado deles, esperando Alexandre passar.

Tudo para evitar o terror supremo: encontrá-lo na porta do elevador e subir com ele, sozinho, dezesseis andares, acuado.

Seria, para Mateus, como colocar Alexandre dentro do pote de vidro que o protegia.

19

Teatro do oprimido

Se parecia não haver justiça no mundo, ao menos dentro do *meu* quarto eu podia corrigir isso. Por que era o Mateus quem tinha de ficar dentro do pote?

Com a rede de náilon, inverti a situação. Alexandre foi parar dentro do pote, e Mateus ficou com o aquário todo para ele.

A paz reinou. Mateus foi para o fundo. Alexandre tentou ir atrás dele, bateu no fundo no pote várias vezes, até desistir. Com a distância, não conseguia assustar o outro. Não tinha graça.

Fiquei examinando o movimento dos dois por horas e horas. Um tédio total. Mateus não saía do fundo, não arriscava nadar de um lado para o outro, muito menos subir. Sabia que o Perseguidor estava lá no alto, parado, sem descer para atacá-lo, mas nem queria descobrir qual o motivo disso.

Aquilo não era paz, era uma vergonhosa submissão.

Quanto a Alexandre, só girava dentro do pote e esticava ao máximo a cauda e as nadadeiras, para parecer maior, única maneira de continuar assustando o outro à distância. E o pior é que funcionava.

Experimentei dar comida a Mateus, para estudar suas reações, mas nem assim ele subiu: esperou os grãos da ração chegarem ao fundo do aquário.

Ficaram assim toda a tarde, e boa parte da noite, até que transportei Alexandre para o aquário menor, de 30 litros. Ele morreria se ficasse muito mais tempo no pote de vidro.

A experiência de acostumar um à companhia do outro não estava dando certo. *Betta splendens* pelo visto não criavam laços de amizade. Aqueles dois já haviam estabelecido o *bullying* dentro do aquário, ou quem sabe lá num pântano cheio de arroz da Tailândia. Cada um fazia o seu papel. Um seria o Perseguidor, o outro, o Perseguido. Já haviam decidido quem era o Mais Forte. Mesmo que este estivesse dentro do pote de vidro, o outro não podia ser mais o dono do aquário.

A coisa tinha virado um ritual, um hábito, um teatro: o Mais Fraco tinha de fazer os gestos de submissão, como ficar parado, num canto, mesmo tendo todo o aquário para si sem correr perigo. Era como caminhar escondido pelo outro lado da calçada, por trás do jornaleiro, ou da cerca viva, colado às paredes.

Mateus tinha se tornado submisso para evitar as agressões.

Já aprendera o que era viver com medo.

Não era difícil entender por que Alexandre fazia aquilo. Devia ser uma sensação ótima. Ser respeitado. Provocar medo e submissão.

Só que ali, dentro daquele quarto, a justiça era eu, e as coisas iam mudar. O Fraco ia se tornar o Forte.

Comecei a dar menos comida a Alexandre.

20

O deus do aquário

Fui a um vidraceiro e voltei com um pedaço de vidro da largura da lateral do aquário. Na parte de cima, colei um pedaço de madeira. Estava feita uma divisória.

Alexandre não poderia viver no pote de vidro, boiando na superfície. Criá-lo separado, no aquário menor, seria admitir o fracasso da experiência científica de fazer dois *Betta splendens* machos ficarem amigos.

Introduzi a placa de vidro verticalmente bem no meio do aquário, com a parte de madeira no alto, apoiada nas bordas, servindo de alça, para quando quisesse removê-la, e despejei Alexandre de volta.

Pronto. Os dois estavam dividindo o mesmo espaço. Um de cada lado. Cada qual tinha seu território. E verticais. Nada de territórios horizontais, nada de fundo seguro e tranquilo para um e superfície ameaçadora para outro.

– Acabou o privilégio. Cada um tem seu fundo e sua superfície. Quem manda aqui sou eu. Nada de *bullying*! Aqui fala o deus do aquário.

21

O inimigo mora ao lado

O aquário se transformou em dois apartamentos. Os *Betta splendens* ainda não tinham feito amizade, mas pelo menos já eram vizinhos.

Os edifícios não eram aquários com divisórias?

Por que eu me sentia seguro em meu quarto? Paredes. Benditas paredes.

Num mundo perfeito, eu sairia na rua cercado por quatro paredes de vidro, protegido da intolerância, do *bullying*, das bolinhas de papel. Salas de aula cheias de divisórias de vidros transparentes. Eu escolheria um modelo à prova de som, para não ouvir os apelidos, as zombarias.

Os elevadores seriam caixas de vidro individuais.

Eu sonhava com o impossível, e continuava dando menos alimento a Alexandre.

Era fácil controlar a quantidade de ração. O Mais Forte não avançava na comida do Mais Fraco. Duas vezes por dia dava comida a Mateus, até ele se fartar, e então servia ao outro um terço da quantidade.

Reconhecia que aquilo era uma mistura de experimento científico e maldade, mas serviria para equilibrar as forças entre os dois *Betta splendens*. Enfraquecer o Mais Forte. Quando Alexandre se metesse a besta, levaria uma surra. Talvez assim os dois se tornassem amigos.

Imaginei Alexandre voltando para a escola, depois de semanas de cama por causa de uma pneumonia, e eu o derrubando a socos no meio do pátio, na hora do intervalo. A imagem não era muito heroica e dignificante, mas também não era de todo má.

Porém, o processo de deixar Alexandre mais fraco tinha de ser bem lento e cauteloso. Não queria matá-lo, só minar suas forças, aos poucos.

Três semanas se passaram, e nada mudou. Mesmo protegido pela divisória de vidro, Mateus continuava com medo, pelos cantos, atrás do filtro.

Alexandre passava a maior parte do tempo o atormentando junto à divisória, exibindo-se, a própria imagem da Ameaça Constante, sem deixar o outro esquecer que sua segurança era temporária, que um dia aquele vidro seria removido.

22

É melhor ser estrela-do-mar

E às vezes o vidro saía mesmo. Eu o puxava para ver como andavam as forças de Alexandre. E acontecia sempre a mesma coisa. Mateus subia desesperado para a superfície, perseguido pelo outro, que lhe dava golpes violentos com a cauda, abocanhava-o e sacudia-o e o jogava contra as paredes. Eu tinha de enfiar a mão dentro da água, apartar os dois, e tornar a colocar a divisória.

Na quarta semana finalmente os dois se acalmaram. A paz reinou, cada um levando a sua vida, em sua metade. Mateus nadava livremente. Alexandre parecia ter esquecido completamente sua vítima. Contudo logo descobri o motivo. É que o vidro tinha ficado embaçado, e eles deixaram de se ver.

A divisória embaçou por causa das plantas do aquário.

Nas últimas semanas eu havia decorado os "apartamentos" aos poucos. Primeiro foram os cascalhos para o fundo. Depois dois saquinhos de cinco gramas de musgo do pantanal de Mato Grosso, espalhados sobre o cascalho. Em seguida, duas samambaias aquáticas, já com um palmo de altura. Elas cresciam sobre o cascalho, em qualquer tipo de pH, e eram originárias da Ásia, como os *Betta splendens*. Mateus adorou. As folhas largas eram um ótimo esconderijo. Tão boas quanto a cerca viva do *play*.

Por fim, não resisti a dois pinheirinhos de aquário, um em cada canto. Eles duravam pouco, porque precisavam de um pH mais alcalino, mas às vezes produziam uma flor azul púrpura tão linda que compensava a brevidade da vida.

Tinha pena de não poder comprar algumas estrelas-do-mar, mas elas não se adaptavam à água doce. Eu adorava estrelas-do-mar. Talvez até preferisse ser uma. Elas não têm ossos que possam ser quebrados. Se perdem um braço, ele cresce novamente. Vivem em qualquer profundidade, desde a beira da praia até o fundo das fossas abissais. Quando um inimigo as ataca, ou outra estrela-do-mar quer fazer *bullying*, elas enterram-se rapidamente na areia, e pronto.

E elas não têm cabeça, só um "centro".

Uma tarde, estava justamente limpando o vidro, já desanimado, achando que mataria Alexandre de fome e mesmo assim Mateus continuaria se achando o Fraco, com medo do fantasma do outro, quando tive a ideia de prender um espelho de cada lado da divisória.

O Fraco acharia que do outro lado havia um Fraco também. E o Forte teria de enfrentar outro Forte. O primeiro ganharia autoestima. O segundo, humildade.

Nada disso aconteceu.

23

Egos inflados

Mateus teve medo de seu próprio reflexo e não saiu detrás da samambaia.

Alexandre começou a guerrear consigo mesmo, e deu tantos encontrões no espelho que precisei cancelar a experiência. A princípio ele pareceu estar admirando sua imagem. Parava de frente, depois de lado, inflava, esticava a cauda e as nadadeiras ao máximo – até ficava mais vermelho. Só depois atacava o próprio reflexo.

Fui pesquisar na internet. As cores berrantes, o aumento do tamanho, tudo isso servia para impressionar a vítima. Eram como os tênis de marca, os carrões, as roupas de grife, os penteados, os corpos bombados, anabolizados. Anúncios ambulantes: olhem, estou aqui, sou grande, poderoso e forte, cuidado comigo, o que eu quero eu conquisto, o mundo foi feito pra mim, saiam da minha frente.

Pelo mesmo motivo os goleiros de futebol usam uniforme com cores tão berrantes. Para crescer diante do atacante.

As camisetas eram *outdoors*. Os tênis importados eram caudas de pavão. Os relógios enormes eram esporões de galo de briga. Os carrões anunciavam: sou um vencedor, saiam do meu caminho ou atropelo vocês. As pessoas se inflavam nas academias e conferiam o resultado nos espelhos, para saber como eram vistas pelos outros.

No aquário Alexandre fazia o mesmo. Porém, como não sabia que na verdade estava disputando quem era o mais forte com o próprio reflexo, era capaz de inflar e esticar a cauda e as nadadeiras até explodir, e dar cabeçadas até morrer, por isso tirei o espelho dele.

Tirei também o espelho do lado de Mateus. Mas nesse caso não por causa dele, mas de mim mesmo. Era muito desanimador concluir que Mateus ficara tão traumatizado com o *bullying* que agora tinha medo de qualquer peixe, mesmo um tão fraco quanto ele.

Só me restava continuar a vingança – quer dizer, a experiência científica – de enfraquecer Alexandre pela subnutrição.

E ir levando a vida.

24

Uma tarde feliz

Levar a vida para mim era acordar cedo, ir para a escola, passar a manhã lá, voltar, almoçar e me trancar no meu quarto. Nada muito emocionante acontecia do lado de fora desse cômodo.

Se a pessoa acha que o mundo vale a pena, ela sai por aí à procura de experiências. Se acha que não, foge dele, fica no quarto. Quando, em vez de sair pelo mundo para conhecê-lo, a pessoa tem de se defender do mundo, é natural que prefira ficar no quarto. Quais as minhas expectativas? Fora do quarto, a ameaça do ataque. Como iam querer que eu lidasse com o mundo naquela época, a não ser com medo e cautela?

Eu só queria a angústia normal da adolescência, colégio, estudo, provas, conflitos com os pais, expectativas sexuais, busca de identidade... Não queria sentir pânico.

No quarto, eu era feliz. Entre livros e *sites*, ia pesquisando, anotando, acumulando conhecimentos, descobrindo. Fora do quarto, os momentos bons eram raros como pedaços de fruta de verdade dentro de um iogurte industrializado. E inesperados como raios.

Mas aconteciam. Como naquela tarde. Uma reunião do grupo de estudo de ciências na casa da Fernanda. Eu era disputado para os grupos de ciências porque acabava fazendo todo o trabalho sozinho. Daquela vez não foi diferente. Os outros dois participantes nem se deram ao trabalho de ir: ligaram dando desculpas esfarrapadas, então fiquei sozinho a tarde toda com a Fernanda.

Pesquisamos, escrevemos, terminamos o que tínhamos de fazer, e estranhamente continuamos a conversar sobre uma porção de coisas – até sobre *bullying* e o movimento que estava acontecendo na escola.

Fiquei muito surpreso quando Fernanda revelou que sofria muito com as brincadeiras sobre o tamanho do seu nariz.

– Desde pequena, em todos os colégios, sempre tem umas meninas que implicam com o meu nariz, fazem piadas, dão apelidos. Meninas também fazem *bullying*. Muito.

– Eu sei. Sou zoado pelos dois gêneros. Os caras começam e as meninas dão força. Os dois se complementam... *bullying* e *bullyang*.

Enquanto Fernanda ria, eu me esforçava para lembrar... Era verdade, já tinha ouvido a chamarem de Narigão.

– Nunca achei que você passava por isso também – eu disse. – A gente se concentra tanto no próprio problema que nem percebe o dos outros.

– E qual é o seu problema? – ela perguntou.

Achei que ela estava brincando e fiquei um pouco chateado:

– Você sabe.

– O lance da cabeça grande?

Eu quis sair correndo. Não estava preparado para "conversar naturalmente" sobre aquilo, ainda mais com uma garota.

– É.

– Que bobeira, né? Até parece que existe alguém perfeito naquela sala. A gente podia arranjar um apelido idiota pra cada um. Mas pra quê? Não é doentio? Ver alguém mais baixo que o normal e chamar o cara de "baixinho". É uma coisa tão estúpida. Tão primitiva.

– Como é que você lida com isso?

– Com o quê?

– O lance do nariz.

– Às vezes quero morrer. Outras vezes faço piada. Já pensei em fazer plástica, mas também já pensei em quebrar a cara do primeiro que me chamar de Narigão. Ou seja, não sei como lidar com isso.

– Que tipo de piada você faz?

– Digo que nariz grande é uma mutação da espécie, um progresso, porque o ar circula mais tempo no nariz, se purifica, antes de ir para os pulmões. Nariz pequeno está ultrapassado.

Rimos.

– Quando alguém vem curtir com a nossa cara e a gente faz piada, parece que o *bullying* não funciona – Fernanda disse.

– Eu tenho uma teoria muito parecida com a sua... sobre mutação... e *bullying*...

25

Bullying de dinossauro

– De repente, numa ninhada de dinossauros, um deles sofre uma mutação: as patas dianteiras vêm ligadas ao corpo por uma pele nojenta, enorme, uma pelanca larga e achatada. Os outros dinossaurozinhos zoam com o coitado dia e noite. Inventam apelidos, atiram bolinhas de barro, roubam a comida dele e ficam jogando um pro outro, enquanto dizem pro coitado: "Vem pegar! Vem pegar!".

Fernanda estava rindo. Eu me sentia feliz e empolgado.

– O dinossaurozinho vai reclamar com os pais e o dinossaurozão diz "Deixa de ser frouxo! Não traz desaforo pro lago!"; e a mãe consola: "Não liga não, meu lagartinho querido, são brincadeiras de dinossauros, a mamãe acha essas pelancas lindas...".

– O pobre do dinossaurozinho tá sofrendo *bullying.*

– Isso, ele tá sendo humilhado, cuspido, empurrado, ninguém quer ser amigo dele. Até que um dia ele é cercado, começa a brigar com vários dinossauros ao mesmo tempo, mexe os braços pra cima e pra baixo aparando os socos, as pelancas balançam com força e ele começa a sair do chão... e a voar!

– Voar?!

– É. As pelancas eram asas.

Fernanda parou de rir e me olhou com admiração. Continuei, com uma autoconfiança que nunca havia sentido fora do meu quarto:

– Estava inaugurada uma nova espécie, a dos dinossauros voadores, que evoluíram, evoluíram, e acabaram se tornando pássaros.

Fernanda me olhava com uma intensidade estranha. Havia um sorriso no rosto dela, e algo mais que eu não conseguia entender. Confuso, continuei a falar:

– Mutações sempre sofreram *bullying.* Imagine o primeiro beija-flor a nascer com o bico maior que o dos outros. Como deve ter sido zoado, até descobrirem como era vantajoso ter um bico grande para conseguir chupar flores compridas. Bom... os homens de cabeça grande são o futuro!

Rimos.

– Por quê?

– O cérebro humano está crescendo. Vai precisar de mais espaço.

– É?

– Eu pesquisei. O cérebro evolui, aumenta de tamanho.

– Jura?

O que estava acontecendo? Eu brincava sobre o maior problema da minha vida. Fazia piada sobre um tormento que havia anos torturava minha alma. E na frente de uma garota linda, que parecia chegar cada vez mais perto de mim, porque com certeza o joelho esquerdo dela estava encostando no meu. E continuei.

26

O cérebro é um cogumelo

– Nos últimos milhões de anos, o cérebro da gente vem crescendo de baixo pra cima, brotando feito um cogumelo.

– Verdade ou piada?

– Verdade. Se você quiser, depois a gente confere no computador. Conheço uns *sites* com imagens que...

– Tá. Continua.

– O primeiro cogumelo, o mais "primitivo", e que quase todos os animais têm, é o tronco cerebral. Ele brotou na ponta de cima da coluna vertebral. Serve pra regular as funções básicas, como a respiração, os batimentos cardíacos e a eliminação de puns. Sério. Esse primeiro cogumelo não pensa nem aprende, só regula as coisas. Os dinossauros já vinham com um desses.

– Certo.

– Milhões de anos depois, nesse tronco cerebral brotou um segundo cogumelo, e apareceram as emoções. Esse novo cérebro agora dizia ao corpo: morda, ataque, namore, corra... Esse segundo cogumelo é muito maior do que o primeiro. Parece um pastel mordido embaixo; o pedaço que falta do pastel é o tal tronco cerebral primitivo.

Eu tentava reproduzir as formas com as mãos, empolgado, e Fernanda nem piscava.

– Esse pastel mordido, os cientistas chamam de "sistema límbico". E ele foi crescendo, evoluindo, e acabou desenvolvendo a capacidade de aprender e de memorizar. Se alguém do grupo comia uma planta e morria, o resto aprendia que aquilo era veneno, e não esquecia disso.

– Entendi.

– E então, há uns 100 milhões de anos, brotou um terceiro cogumelo. Um cogumelo poderoso, que se desenvolveu tanto em certos mamíferos de duas pernas que chegou a dar a eles a faculdade de "pensar". Esse novo cogumelo foi chamado de neocórtex.

– O neocórtex. Já aprendi sobre ele, mas esqueci tudo.

– Um dia o neocórtex de um daqueles neandertais da vida inchou e começou a "pensar". Começaram a chamar ele de "Cabeção".

Eu não podia acreditar. Falar a palavra "cabeção" e rir...

– Esse primeiro Cabeção deu início a uma nova espécie: os *Homo sapiens*.

– Tadinho. Como deve ter sofrido *bullying*.

27

Os mutantes são pegadores

Fernanda era maravilhosa. Eu me sentia muito bem. A gente não parava de conversar e rir.

– Com o desenvolvimento do neocórtex, o *Homo sapiens* pode pensar no que sente – continuei, porque ela pediu. – Então temos dois cérebros: o límbico e o neocórtex. Um que sente, outro que pensa. Um lida com os sentimentos, outro com a razão. O amor, por exemplo, existe por causa do neocórtex desenvolvido. O sistema límbico só pensa em sexo.

O joelho da Fernanda tremeu. Eu não conseguia parar de falar.

– Os répteis até hoje não têm neocórtex, por isso as mães répteis não amam seus filhos. Elas põem os ovos e se mandam.

– Minha mãe deve ter um neocórtex enorme, por isso ela é tão chata.

– Mas pelo menos ela não é uma tartaruga.

Fazer Fernanda rir me deixava cada vez mais confiante. Eu nem parecia... eu. Nossos joelhos estavam grudados.

– Se um ladrão entra em uma casa, o sistema límbico sente medo, mas quem liga pra polícia é o neocórtex.

De onde vinha aquele Mateus esperto, engraçado, seguro?

– O desenvolvimento do neocórtex foi um tremendo *upgrade* no *hardware* da nossa cabeça, e precisou de mais espaço pra ser instalado.

– É! É só ver os crânios dos primatas, com aqueles cérebros terminando logo depois das sobrancelhas.

– Agora pensa bem, Fernanda... Por que o cérebro não pode continuar crescendo? Se expandindo? Aí vai precisar de espaço. É por isso que os cabeções são o futuro! Superpoderes mentais, muito mais inteligência, as mulheres vão ficar loucas por eles...

Pronto. Eu tinha ido longe demais. Sabia que aquilo ia acabar acontecendo. "As mulheres vão ficar loucas pelos cabeções." Que estupidez... Aí ela disse:

– É. Acho que certas mulheres iam gostar, sim.

Então houve uma troca de olhares e um silêncio que fizeram o tempo parar e meu coração explodir. Ao longe ouvi uma voz que gritava:

– Gente... tem sanduíches de presunto aqui na cozinha pra vocês!

28

Não, mutantes são solitários

Mutação podia ser muito importante para a evolução da espécie, mas era um desastre quando se tratava de arranjar namorada.

Namorada. Eu já havia até desistido.

Era outra consequência do *bullying*. Ele tira toda a autoestima do sujeito, e não há como arranjar namorada sem autoestima. Se uma menina olhava para mim, eu achava que era por causa da minha cabeça grande. Tinha certeza de que ia ser rejeitado e isso me apavorava. Eu nem tentava.

Desisti. Paquera, namoro, sexo... isso tudo podia ser adiado.

Até acontecer aquela tarde com a Fernanda.

Depois daquilo eu não sabia o que fazer quando estava perto dela, e ficávamos juntos todas as manhãs na sala de aula. Uma semana depois, na frente da sala inteira, Fernanda disse que eu era o cara mais inteligente que ela já havia conhecido.

Aí o Alexandre falou:

– É porque na cabeça dele cabe mais coisa.

– Você não cansa de ser babaca? – ela respondeu, e a turma toda riu.

Naquele momento eu trocaria meu neocórtex desenvolvido pelo sistema límbico de um camaleão, para ficar da cor do piso de cimento e fugir rastejando.

29

Quem ama, não liga

Os animais lutam por território, comida e sexo.

No meio social em que eu vivia, comida não era problema. Ninguém se agredia por comida, a não ser quando a praça de alimentação do *shopping* estava lotada.

O *bullying* que eu sofria então era causado por território, mas também por sexo.

Os machos agrediam uns aos outros para se mostrar para as fêmeas, ao mesmo tempo que as fêmeas instigavam os machos uns contra os outros para testar a força deles, e quem sofria eram os machos fracos. As fêmeas eram atraídas pela superioridade social, pelo sucesso, pelo macho que adquiria alguma espécie de poder.

Só que o poder e a força entre os seres humanos haviam mudado, e muitas mulheres procuravam outras qualidades nos machos. Como a inteligência, por exemplo. Mulheres como a Fernanda.

Um dia saímos para comer uma pizza depois da aula. Chovia. Conversamos. Rimos. No final ela desenhou um coração num guardanapo e anotou o número do celular dentro dele.

– Me liga... você sabe...

E colocou a mão sobre a minha.

As coisas não podiam ser mais claras. Fiquei completamente confuso e fiz uma pergunta desesperada:

– Você não acha mesmo nada de errado em mim? O pessoal me...

– Você não reparou no tamanho do meu nariz, reparou?

– Não. Nunca.

– Pois é – Fernanda riu e cobriu o rosto com o guardanapo. – Acho que quando a gente gosta do outro não...

Entrei no meu quarto e espetei o guardanapo no meu painel de cortiça. Olhava para ele várias vezes por dia. Queria muito ligar para ela. Muito. Mas não tinha coragem.

30

Peixes não choram

Parei de limpar a divisória. Ela embaçou completamente. Os *Betta splendens* deixaram de se ver.

Mateus aos poucos readquiriu autoestima, ocupando toda a sua metade do aquário. Alexandre também relaxou. Nadavam pra lá e pra cá, cada qual entretido com o próprio sistema límbico.

Continuei alimentando pouco Alexandre. Ele parecia nadar mais devagar, o vermelho do seu corpo ia perdendo a intensidade, os movimentos já não eram tão súbitos, ele já não subia com aquela energia de antes em direção aos grãos de ração que caíam. Estava enfraquecendo.

Eu só tiraria a divisória quando tivesse certeza disso. Queria ver Mateus dar uma surra em Alexandre. Isso equilibraria as forças. Os dois se respeitariam. Viveriam em paz. Acabariam amigos, companheiros de aquário.

Mas a cada dia me sentia mais deprimido com o processo. É claro que aquilo era uma crueldade. E se Alexandre morresse?

Peixes são seres estranhos. Não se comunicam com a gente, como cachorros ou gatos. Nunca sabemos o que estão sentindo. Quando morrem, e os encontramos boiando no aquário, até assim continuam com o mesmo aspecto. Se estão felizes, tristes ou mortos, tudo está lá, escondido, embaixo das escamas.

Eu nunca ia saber o que Alexandre estava sentindo. Se ele morresse, o mistério iria permanecer com ele para sempre, levado pela água da descarga da privada, e eu ficaria com o remorso de ter cometido uma injustiça, de ter sido parcial.

Bom, a vida era assim mesmo. Que se dane. Quantos lindos ratinhos brancos não morrem em laboratórios todos os dias? Há quem reclame da crueldade, mas são poucos os que deixam de tomar antibióticos.

Injustiça e crueldade eram o que aqueles Alexandres, os Grandes, faziam com os outros.

Ciência ou maldade, pelo menos uma vez eu ia ver um dos Fortes tomar porrada!

31

Mobbing versus bullying

Quanto mais o sistema *antibullying* da escola fazia as vítimas perderem o medo de se expor, mais as reuniões no auditório faziam sucesso. No palco surgiam novos heróis.

Eu ainda não tomara coragem. Ao contrário, cada vez tinha mais pavor daquilo, mas admirava muito quem vencia as barreiras do medo e do preconceito, rasgava seu coração e saía lá de cima com a alma lavada e cheio de prestígio.

O auditório era o ponto central das atividades, no entanto o assunto tomava a escola toda, os corredores viviam repletos de cartazes com desenhos sobre situações de *bullying*, dramatizações sobre o assunto eram encenadas no pátio e faixas em que se lia "TOLERÂNCIA ZERO AO *BULLYING*" foram penduradas por toda parte.

Um grupo de psicólogos e pedagogos estava sempre reunindo alunos, pais, professores e até funcionários, e todos recebiam instruções de como ajudar, denunciar agressões e dar apoio às vítimas.

Os faxineiros, a dona Rita da cantina e o pipoqueiro da calçada, cansados de ver as agressões durante o intervalo ou na saída, tornaram-se fiscais rigorosos da prática do *bullying* e denunciavam o agressor à direção. Este, depois de se explicar, recebia, dependendo do caso, advertência, suspensão e até ameaça de expulsão.

Os "fracos" se sentiam menos vulneráveis. Eram ouvidos, protegidos, ganhavam atenção.

Descobri por acaso que aquele movimento acontecia também entre os peixes e vários outros animais. E o nome que recebia era *mobbing*.

Nas relações entre animais, o *mobbing* acontece quando várias vítimas se unem para enfrentar um predador mais forte.

32

O Maluco pirou

As vítimas fazem silêncio. Todos em volta, os que assistem, também fazem silêncio. Se o silêncio é quebrado, o *bullying* começa a morrer, o agressor é exposto, e todo mundo vê que o que ele está fazendo é estupidez, uma demonstração de fraqueza e covardia.

Mas o que ninguém esperava era que o próprio agressor subisse ao palco do auditório para quebrar o silêncio. E isso aconteceu uma tarde.

Roberto, mais conhecido como Maluco, um mastodonte do nono ano, os neurônios conservados em anabolizantes, com um *pitbull* tatuado no bíceps, subiu no palco e disse que havia muito tempo vinha se sentindo um idiota por agredir os outros, assumiu a responsabilidade por quatro ou cinco *bullyings* constantes e apontou as vítimas. Pediu desculpas a elas e, depois de ser aplaudido de pé, virou para o psicólogo ao lado e pediu ajuda.

Foi um acontecimento marcante. Se o Maluco era capaz de uma atitude daquelas, tudo era possível. Até Alexandre bater na divisória, pedir desculpas a Mateus e convidá-lo para uma visita à sua samambaia d'água.

Os líderes dos agressores sofreram um grande golpe com a "traição" de Maluco. E nem puderam pensar em briga, porque o sujeito era mesmo ruim de encarar.

Houve um momento dentro daquela escola em que quase se podia dizer que o *bullying* havia acabado.

Era um fato. No colégio agora me sentia seguro, e a vida até parecia mais leve quando eu ultrapassava aquele largo portão de ferro.

Mas foi justo naquela época que meu pior pesadelo se tornou realidade.

O elevador.

33

Chiclete desamparado

Eu quase nunca saía à noite, mas fui ao cinema num final de tarde com dois amigos da escola, depois fomos comer e falar bobagem. Nenhuma piada sobre o tamanho da minha cabeça durante um dia inteiro e um começo de noite. Devia ser um recorde.

Eu não estava acostumado com a felicidade, fiquei despreocupado demais. Peguei um táxi e voltei para casa. Eram mais de onze horas da noite. Passei pelo portão do condomínio com os pensamentos longe, imaginando tirar a divisória do aquário para ver o que acontecia, cumprimentei o porteiro, o elevador estava no térreo, abri a porta e... ouvi um grito:

– Espera aí, Cabeção!

Não havia o que fazer. Um passarinho abrindo a porta da gaiola para o gato.

Alexandre veio andando rápido, balançando seu corpo imenso e balofo. Passou por mim com um sorriso de lobo, entrou no elevador e agradeceu:

– Valeu, Cabeção.

Sorri. Um maldito sorriso de submissão, a vítima tentando ser agradável, querendo paz. Eu me odiei por sorrir daquele jeito. E ainda apertei os botões dos dois andares, 16º para mim, 18º para ele. Uma vítima gentil, um verdadeiro capacho. Por que Alexandre não limpava logo os pés em mim?

– Valeu, Cabeção – ele repetiu.

O elevador começou a subir. Eu estava desesperado e não sabia o que fazer, então achei melhor olhar para o chão. Vi um pedaço de chiclete rosa grudado na ponta do tênis do meu pé direito. Aquela gosma colorida tinha sido mastigada e cuspida, passara maus momentos, e agora queria se grudar em alguém que lhe desse carinho.

Tive de levantar o rosto porque Alexandre me deu uns tapinhas no queixo e disse:

– Olha pra mim, Cabeção. Eu precisava mesmo ter uma conversinha com você. A sós. Eu soube que você me dedurou pra diretora.

O elevador subia muito lentamente.

34

Animal acuado

– Não fiz nada disso – falei, tentando manter o tom de voz firme, como haviam ensinado nas palestras *antibullying*, mas ela saiu esganiçada como a de um pato engasgado.

– Fez sim. Me denunciou.

– Por que eu faria...?

– Por que eu mexo com você. Te chamo de Cabeção.

– Todo mundo faz isso.

Para minha surpresa, disse aquilo com firmeza. Não olhando nos olhos do agressor, como ensinavam nas palestras – assim também seria demais –, mas para baixo, e de novo para o chiclete.

Eu estava apavorado, ia explodir, os pensamentos giravam sem controle, o coração estava disparado, um suor gelado descia da nuca. O elevador se arrastava. O chiclete grudado na ponta do tênis me fascinava. Tão desamparado quanto eu. Pelo menos encontrara um tênis em que grudar.

– Vê se olha pra mim quando fala comigo!

Eu não queria fazer isso porque estava com os olhos cheios d'água. Levei um cascudo na cabeça. Tremi. Mas não ia olhar. Não ia.

– Não faz isso, cara.

Minha voz não saiu tão assustada quanto eu esperava.

– Por quê, Cabeção? O que é que você vai fazer?

Levei outro cascudo.

Há um instinto básico que supera todos os outros. É mais forte que a luta por território, a fome e o sexo.

A fuga.

Mas, e quando o animal não pode fugir? Dentro de um elevador, por exemplo. O que é que ele faz?

Acuado. Confinado no aquário com o inimigo. O elevador era um aquário. Um aquário muito pequeno. Um pote de vidro.

– Para com isso – falei, dessa vez mais alto, mas sem levantar o rosto, olhando para o chiclete cor-de-rosa.

– Olha aqui, Cabeção – Alexandre forçou meu queixo para cima, com muita força. – Eu nunca fui com a tua cara. Sei que você fala de mim pros professores. Tão de olho em mim por tua causa. Você é metido a besta, dá uma de inteligente pra aparecer... Prego que se destaca dos outros tá querendo martelada, sabia?

Mas acontece uma coisa com os animais acuados. Quando a fuga é impossível, o medo parece ultrapassar um limite e se transforma em outra coisa, uma espécie de coragem louca, que sai de dentro do desespero.

Levei outro cascudo. Forte.

Empurrei Alexandre com força, com as duas mãos, e gritei:

– Para!

Ele bateu com as costas na parede do elevador, espantado.

Eu fechei os dois punhos e gritei de novo:

– Para! Me deixa em paz!

Ele me deu um soco no peito. Bati as costas contra o painel do elevador, fiquei tonto, com falta de ar. Comecei a cair, minhas costas deslizando sobre o painel.

E então as luzes se apagaram e o elevador parou, entre o 9º e o 10º andar.

35

O apagão

– Que merda é essa? – Alexandre falou com uma voz diferente, meio tremida.

A escuridão era completa.

Estava de cócoras, voltando a respirar. Pensei rápido, entendi tudo.

– Sai pra lá! – Ele me chutou.

Fui para o outro canto. Ele procurou o interfone, tirou do gancho:

– Alô! Alô! Que saco! Tá mudo! Vou ligar pro meu pai. Me dá o teu celular! Deixei o meu carregando a bateria.

– Eu saí sem celular – menti.

– O que é que tá acontecendo?

Continuei mentindo:

– Acabou a luz. Vai ver é outro apagão, igual ao da semana passada.

– A gente tem de avisar o porteiro.

– Sem energia, o interfone também não funciona.

– Não posso ficar trancado!

Alexandre soltou outro palavrão, a voz cada vez mais abalada. Dava para sentir o medo dele no escuro. A respiração funda.

– O que a gente faz?

– Calma.

– Calma?! Que calma, cara?! Eu tenho que sair daqui!

– O porteiro vai acabar percebendo que tem alguma coisa errada.

– Não vou ficar esperando.

Ele começou a bater nas paredes do elevador, desesperado. E a gritar:

– Socorro! Tô preso aqui! Tô preso no elevador! Tem alguém aí?!

– Isso não é uma boa ideia, Alexandre. Se a gente começar a gritar e se agitar muito, consome mais oxigênio. Primeiro é melhor sentir se o ar tá entrando.

– Não tem oxigênio aqui?!

– Sei lá. É um elevador, a porta tá fechada, não tô vendo nenhum lugar por onde o ar pode entrar.

– Vou morrer sufocado!

– Melhor não gritar. O porteiro viu a gente entrar no elevador. Ele vai subir pelas escadas conferindo se tem alguém preso. Já aconteceu antes.

– Mas se não tiver oxigênio...

– Senta no chão como eu, respira devagar, o mínimo possível. Se começar a ficar tonto...

– Eu já tô tonto.

– Senta, Alexandre. Calma.

Ouvi ele sentar, gemendo, arfando, falando outro palavrão, dessa vez baixinho, poupando oxigênio, com a voz trêmula.

– Quanto tempo a gente aguenta respirando aqui dentro?

– Se o ar não entrar... uma meia hora.

– Meia hora?

– No máximo.

Ficamos em silêncio, pendurados, a dez andares de altura. Eu ouvia estalidos e rangidos das ferragens do elevador. Ouvia também um murmúrio baixo, e sentia um leve tremor nas paredes. Alexandre estava em crise, tremendo, talvez chorando. Como ele era burro!

36

Pressão e elevador são coisas que caem

– Você tá passando mal? – perguntei.

– Me deixa em paz.

– A pressão costuma cair e...

– Cala a boca!

– Estranho o porteiro ainda não ter chegado...

– Estranho por quê?

– Vai ver ele pensou que a gente já tinha chegado em casa antes do apagão. Ou então tem gente em situação pior nos elevadores dos outros blocos e ele foi ajudar.

– Pior como?

– Tem motor de elevador que pode destravar sem luz e despencar.

– O quê?!

– Quem trava os cabos de aço é o motor. Sem luz, o motor não funciona e os cabos podem destravar e aí a gente despenca e...

As paredes começaram a tremer com mais força.

– O que você tem, Alexandre?

– Nada!

– Tá tremendo?

– Cala a boca!

Dava para sentir todo o corpo de Alexandre tremendo de medo.

Eu sorria no escuro.

Tudo o que eu tinha dito era um monte de mentiras. E não dava pra parar.

37

Fobia

– Tô sentindo... uma... coisa... – A voz de Alexandre mudava de grave para agudo, e havia pequenos soluços entre uma coisa e outra.

– Ficar preso num elevador, sem saber o que tá acontecendo, sem receber ajuda... E um apagão desses pode durar horas, vai saber...

– Horas?!

– O da semana passada durou quatro horas, lembra? E, quando a luz voltou, queimou a geladeira lá de casa. A energia volta forte demais. Vamos torcer pra não queimar o motor lá em cima porque aí a gente tá ferrado, cara. Se ele liga, recebe um tranco e desliga de novo, então o cabo de aço destrava mesmo e a gente vai parar lá embaixo.

Quanto mais eu falava, mais ele tremia, e gemia, e tinha dificuldade de respirar.

– Você deve sofrer de claustrofobia. Tem gente que sofre disso e nem sabe, até que fica preso num elevador, por exemplo, e aí o problema aparece.

– Como assim?

– Fobia de ficar preso em lugar apertado. A pessoa entra em pânico.

– É?

Alexandre falou e engasgou, tossiu.

– O que é?

– Falta de ar...

Eu estava adorando aquilo.

38

Tudo o que seu mestre mandar

Ele começou a chorar.

– Tudo bem, cara. Desabafa. É bom. Alivia.

Choro de medo. O elevador sacudia com os soluços. Comecei a ficar assustado. Alexandre podia ter uma crise de verdade, mas era muita sorte, gostoso demais, irresistível como um biscoito recheado. Queria mais. Não, estava na hora de parar. Ah, só mais uma vez...

– Tá sentindo um formigamento nos pés?

– Minha perna toda tá formigando.

Eu precisava me controlar para não rir. Tudo o que eu falava ele sentia. Se eu dissesse que ele estava grávido de oito meses, Alexandre ia sentir o bebê se mexendo. Era muito bom ter aquele imbecil assim, na palma da mão.

– Olha, Alexandre. A coisa tá complicada.

– O que a gente... faz?

Ele já não se preocupava em esconder o choro.

Aquilo estava muito bom, mas tinha de acabar.

39

No controle

– Vou tentar abrir a porta por dentro. Eu vi o porteiro fazer isso uma vez. Ele enfiou uma chave de fenda num buraco aqui no alto... eu tenho uma caneta.

Levantei. Fiz barulhos. Fingi procurar o buraco.

– E a gente consegue sair? – Alexandre estava mais desamparado que um chiclete mastigado.

– O elevador parou entre um andar e outro, então se a porta abre vamos encontrar um espaço no alto, e outro embaixo. Talvez dê pra passar.

– Então... abre... tenta abrir...

– Mas é muito arriscado.

– Por quê?

– Se resolvesse o problema, eu tinha feito antes.

– É. Por que não fez?

Não dava para resistir. Era mais forte do que eu. Só mais uma vez. Jurei que era a última.

– Imagina. Você tá passando. Já tá com metade do corpo pra fora. Aí a energia volta.

Era assustador o prazer que eu sentia. Que coisa horrível. Continuei.

– O elevador começa a subir de novo e corta teu corpo ao meio! Já aconteceu...

– Para!

– As pessoas só pensam em escapar e...

– Para! Para!

O elevador ficou em silêncio. Alexandre estava passando mal de verdade. Eu tinha ido longe demais. Fiquei muito triste comigo mesmo. Mas tinha sido tão bom! Acho que eu merecia.

Na verdade, eu estava era passando a mão direita sobre o painel, tentando achar a chave que ligava e desligava a energia. Não tinha sido apagão nenhum. Quando eu levei o soco, bati as costas contra o painel e depois, quando deslizei para baixo, desliguei sem querer a energia do elevador.

Eu conhecia aquela chave. Tinha até perguntado para o porteiro para que servia. Ele explicou que às vezes era preciso parar o elevador entre um andar e outro para o técnico consertar por cima, ou se houvesse um curto-circuito e fosse preciso desligar às pressas, ou até mesmo para pintar de branco o espaço de cimento entre os andares. Sou um sujeito curioso.

Encontrei a chave. Tossi bem alto para Alexandre não ouvir nada. E então a luz voltou. O elevador deu um tranco e começou a subir normalmente.

– Voltou! – gritei. – Voltou! Tudo bem! Cara, que sufoco!

Alexandre, o Grande, estava encolhido num canto, tremendo e com os olhos cheios d'água. Tinha um sorriso patético no rosto.

Estendi a mão para ele. Ele se apoiou em mim para levantar. Estava com uma expressão transtornada.

– Deu tudo certo – eu disse. – Agora a gente pode relaxar.

– É. É sim.

Ele tentava se aprumar, mas era uma coisa triste de ver. De repente tinha ficado pequeno e frágil. Tive até vontade de dar um abraço nele.

Saí no 16º andar, normalmente.

– Falou, Alexandre. Até mais.

– Até.

No olhar dele havia um pedido: não conta o que aconteceu pra ninguém.

40

Para ser feliz sozinho

Assim que a porta do elevador fechou, corri para o meu apartamento, abri, entrei e me tranquei lá dentro, apavorado, porque com certeza assim que Alexandre falasse com seus pais ia descobrir que não havia acontecido apagão algum e voltaria para me pegar.

Entrei no meu quarto e tornei a me trancar.

Desabei na cama, o coração querendo saltar pela boca, a mente repetindo "O que foi que eu fiz? O que foi que eu fiz?"... Mas também: "Acabei com ele! acabei com ele!".

Eu tinha feito *bullying*.

Humilhar o outro. Encontrar seu ponto fraco e sentir prazer em machucar. Achar engraçado ver o outro sofrer. Provocar dor. Intimidar. Atormentar.

E eu tinha gostado. De fazer Alexandre tremer, chorar, pedir ajuda.

Olhei a ponta do tênis, o chiclete rosa ainda lá grudado. Peguei o canivete, arranquei o chiclete, embrulhei num papel e joguei no lixo. Atirei o tênis longe.

Não. Não tinha gostado. Era outra coisa. A mesma sensação de andar numa montanha-russa. Não era prazer de verdade, como a alegria que eu sentia quando comia uma pizza, ou lia um livro, ou conversava com a Fernanda, ou quando meu pai me abraçava, ou eu via um filme, ou o meu time de futebol ganhava. Era mais como uma vertigem. Como se debruçar numa janela muito alta. Como brincar com uma coisa perigosa.

Eu não queria aquele tipo de prazer. Ele embrutecia. Era estúpido me tornar bruto. Era o prazer de se sentir mau. Eu não queria gostar daquele poder sobre os outros. Era horrível. Fazia a gente se sentir muito sozinho. Eu estava me sentindo muito sozinho ali na cama, depois de ter feito aquilo com Alexandre. Tinha causado um sofrimento muito grande a ele.

Naquela época eu podia ficar trancado no quarto semanas inteiras sem me sentir sozinho, porque gostava de mim mesmo, da minha própria companhia. Mas naquela noite eu me senti sozinho porque fiquei mal comigo. Quem maltrata o outro não se sente bem consigo mesmo, e não gostar de si mesmo dá uma solidão horrível.

41

O mundo é um aquário

Sonhei que abraçava Alexandre, e ele era muito macio, como uma grande almofada.

Acordei várias vezes, achando que a campainha estava tocando, que Alexandre dava chutes na porta. Não fui à escola naquele dia. Minha mãe não insistiu. Eu estava pálido e sem apetite.

Fiquei na cama. Precisava pensar no que havia acontecido. Tinha sentido prazer em descobrir a ferida de Alexandre e cutucá-la. Prazer de causar dor. Era prazer aquilo, não podia negar. Ele havia revelado um ponto frágil, o pavor de ficar trancado, e eu havia piorado sua situação de propósito. Ele ficou nas minhas mãos. Tive poder sobre ele.

Era isso que fazia o *bullying* existir. Aquele poder sobre o outro faz a gente se sentir forte, esperto, superior. Mas para mim era uma sensação doentia. Precisar diminuir o outro para me sentir maior não me fazia grande de verdade. Eu tinha me sentido muito mal fazendo Alexandre sofrer, mesmo tendo a desculpa da vingança. Imagine fazer aquilo com pessoas que não me fizeram nada...

Eu não era assim. Ao contrário. Já estava querendo pesquisar na internet sobre claustrofobia e encontrar um meio de ajudar. Se eu pudesse ajudar Alexandre a superar aquele medo, aí sim me sentiria grande, esperto, superior.

Olhei para meu aquário. De um lado o Fraco, do outro, o Forte. Minha cabeça não aceitava aquela divisão. O mundo era muito mais complexo do que aquilo. Levantei para alimentar os peixes.

Não queria mais fazer experiência nenhuma com eles. Dei a mesma dose de comida pros dois.

Fui ficando estranhamente sereno. Tinha a sensação de que Alexandre, o Grande, nunca existira. Ele era uma criação minha. O Alexandre de verdade era um sujeito como eu, com poderes, mas também com fraquezas.

Abri a janela e olhei a cidade.

O mundo era um aquário.

Mas as pessoas não são peixes. Até tentavam, mas não podiam esconder seus sentimentos atrás de escamas. Porque não têm escamas. Elas têm problemas, querem afeto, se fazem de fortes, descontam suas fraquezas nos outros, choram. São Fracas em algumas coisas, Fortes em outras. Ajudam e precisam de ajuda. E tudo isso aparece, se a gente tiver sensibilidade para ver.

42

Conclusão

Não é agradável sair de casa quando se espera levar uma surra, e era isso que ia acontecer quando Alexandre me encontrasse, mas eu não queria mais me esconder.

Não desci o elevador com o coração na boca, não atravessei o *play* me esgueirando atrás da cerca viva, deixei o condomínio sem passar para a outra calçada nem me proteger atrás dos carros.

E então, claro, dei de cara com ele.

Estava me esperando. Já não parecia tão Grande. Barrou minha passagem:

– Vou parar de te zoar. E o que aconteceu ontem fica entre nós.

– Tudo bem – eu disse, com a voz firme.

Em seguida ele se afastou.

Por mim estava ótimo. E ele nem tinha me chamado de Cabeção.

Talvez aquele acordo não durasse muito. Ou talvez ele parasse de me zoar mesmo. Ele podia me moer de pancada no dia seguinte, ou virar meu amigo. Quem ia saber?

Como meu pai me ensinou: "Não se preocupe. Melhor deixar pra resolver os problemas à medida que acontecem. Siga o conselho do seu xará da Bíblia: 'A cada dia basta o seu fardo' (Mateus, 6:34)".

•

Saí da loja com mais dois enormes *Betta splendens* vermelhos, cada um em seu saco plástico, e novamente chamei muita atenção. Mas não peguei um táxi.

As pessoas olhavam para os peixes, e não para minha cabeça. Certas coisas nos afetam durante muito tempo, porém de repente não têm mais importância nenhuma, e então deixam de existir.

Entrei no quarto, lavei os sacos plásticos e os deixei boiando no aquário. Uma hora depois despejei os novos peixes, um em cada lado da divisória: daquele dia em diante ela ficaria sempre embaçada.

Finalmente havia concluído o que estava faltando de verdade aos dois *Betta splendens*. E a mim também.

Os novos *Betta splendens* eram fêmeas.

Peguei o telefone e liguei para Fernanda.

O Autor

© Marynete Martins

Uma vez fui convidado para um encontro dos alunos do colégio em que estudei quando era adolescente, aqui no Rio de Janeiro. A grande maioria deles eu não via há mais de quarenta anos, e preferia que isso continuasse assim, mas acabei indo.

Sofri *bullying* porque gostava de ficar sozinho e ler livros. E por ser magro. E por ser um desastre em todo tipo de modalidade esportiva, principalmente as coletivas. Eu era sempre o último a ser escolhido para o futebol, ninguém me queria no time. Aos treze anos, joguei com um calção emprestado de um sujeito muito maior que eu. Desse dia em diante, fiquei conhecido como "Coxinha de Grilo", e isso não favoreceu nem um pouco minha autoestima.

Na reunião de ex-alunos, vi alguns desses ex-colegas. Lá estavam, com cinquenta e poucos anos, como eu, os responsáveis por tantos dias difíceis para mim.

O tempo havia me vingado. Do grupo que praticava *bullying* com mais agressividade, todos tinham se tornado pessoas comuns. Antes tão cheios de si, agora pareciam vazios.

Um deles contou que a filha tinha lido muitos livros meus. Ele trouxe um para que eu pudesse autografar para ela. Sabia que eu publicara quase sessenta livros, escrevera roteiros de histórias em quadrinhos e peças de teatro. *Eu* realizara meu sonho. Para ele, agora eu era o *doutor* Coxa.

Moral da história: se você pratica *bullying*, cuidado. Enquanto é adolescente, tudo parece ótimo, mas provavelmente você é estúpido, insensível e levará uma vida sem sentido. Mude enquanto tem tempo.

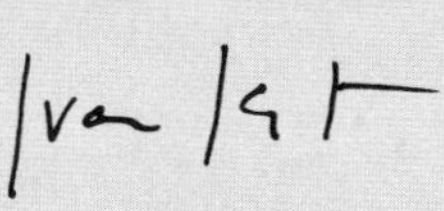

Entrevista

Em *Bullying no aquário*, você conheceu Mateus, um menino inteligente e curioso que sofre com as gozações e intimidações dos colegas de escola. Leia a entrevista a seguir com o autor Ivan Jaf e saiba mais sobre como ele escreveu essa obra.

Como surgiu a ideia de escrever *Bullying no aquário*? Por que escolheu os peixes para fazer essa comparação com a vida de Mateus?

• É um tema muito atual e importante e eu queria pensar sobre ele e tentar contribuir com a discussão. Gosto de ler sobre etologia, a ciência que estuda o comportamento dos animais. Li em um livro de Konrad Lorenz sobre os *Betta splendens* e como são agressivos entre eles mesmos. Achei que seria uma boa metáfora. Não somos diferentes dos animais. Em muitos casos, aliás, somos piores.

A escola de Mateus instala um sistema *antibullying* e incentiva os alunos a encarar esse problema. Você acha que isso tem acontecido na vida real? O *bullying* tem sido combatido de maneira eficiente?

• Eu me baseei em pesquisas na internet, em livros e em depoimentos de alguns professores, então posso dizer que esses movimentos contra o *bullying* estão acontecendo, sim. Claro que com muito menos frequência e eficiência do que seria necessário. Todas as escolas, públicas e privadas, deveriam discutir abertamente essa questão e tomar providências. Espero que este livro ajude.

O livro traz muitas reflexões sobre *bullying* e outros tipos de violência. Você acredita que a literatura é um bom meio de tratar esse assunto com crianças e jovens?

• Não há melhor lugar para expressar sentimentos profundos e refletir sobre eles do que nos livros. Livros são feitos de palavras, e nós pensamos com palavras. Além disso, para mim a literatura é um bom meio para tratar tudo, até dor nas costas: ler um livro na rede é um ótimo relaxante muscular.

Mateus conta a Fernanda que, quando uma pessoa é diferente das outras, ela pode sofrer com isso, mas também pode aprender a explorar sua diferença para crescer e se destacar. Você conhece alguém que viveu isso?

• Todas as pessoas que eu admiro foram e são diferentes. O escritor italiano Italo Svevo escreveu que pessoas diferentes compensam seus problemas sociais construindo verdadeiros mundos em seus cérebros. Acredito que, se elas não se importarem demais com o que os outros estão achando, e tiverem calma e energia para explorar esses mundos, com certeza irão se destacar. Pessoas normais tendem a ser só isso mesmo, normais.

A sociedade tem muitos discursos de apoio às vítimas de *bullying*, mas dificilmente uma campanha que alcance também os agressores. Como você acha possível sensibilizar pessoas como a personagem Alexandre e frear esse tipo de violência?

• O *bullying* acabaria se o agressor perdesse sua plateia. Aquele que ri e incentiva o agressor é culpado também. Uma campanha que mostrasse o *bullying* como um comportamento estúpido seria bem eficaz. Para o agressor, punição severa. O *bullying* não é uma brincadeira. Talvez também ajudasse um serviço de apoio psicanalítico obrigatório. Todo jovem faria um ano de análise psicanalítica gratuita. Seria muito mais útil que o serviço militar obrigatório, já que nossa última guerra foi contra o Paraguai, há mais de cem anos.

Como você começou a se interessar por escrever livros? Quais são seus autores favoritos e quais mais o influenciaram no seu trabalho?

• Meu pai era advogado e poeta e tinha uma biblioteca enorme, um quarto com as quatro paredes forradas de livros. Ele passava as noites lendo. Quis fazer parte daquilo. Tenho dezenas de autores favoritos e cada um me inspira e influencia em determinado momento, dependendo da história que quero contar. Mas posso citar os dois que estão ali agora, ao lado da minha rede: Italo Calvino e Dashiell Hammett.